鳥居みゆき

夜にはずっと深い夜を

幻冬舎

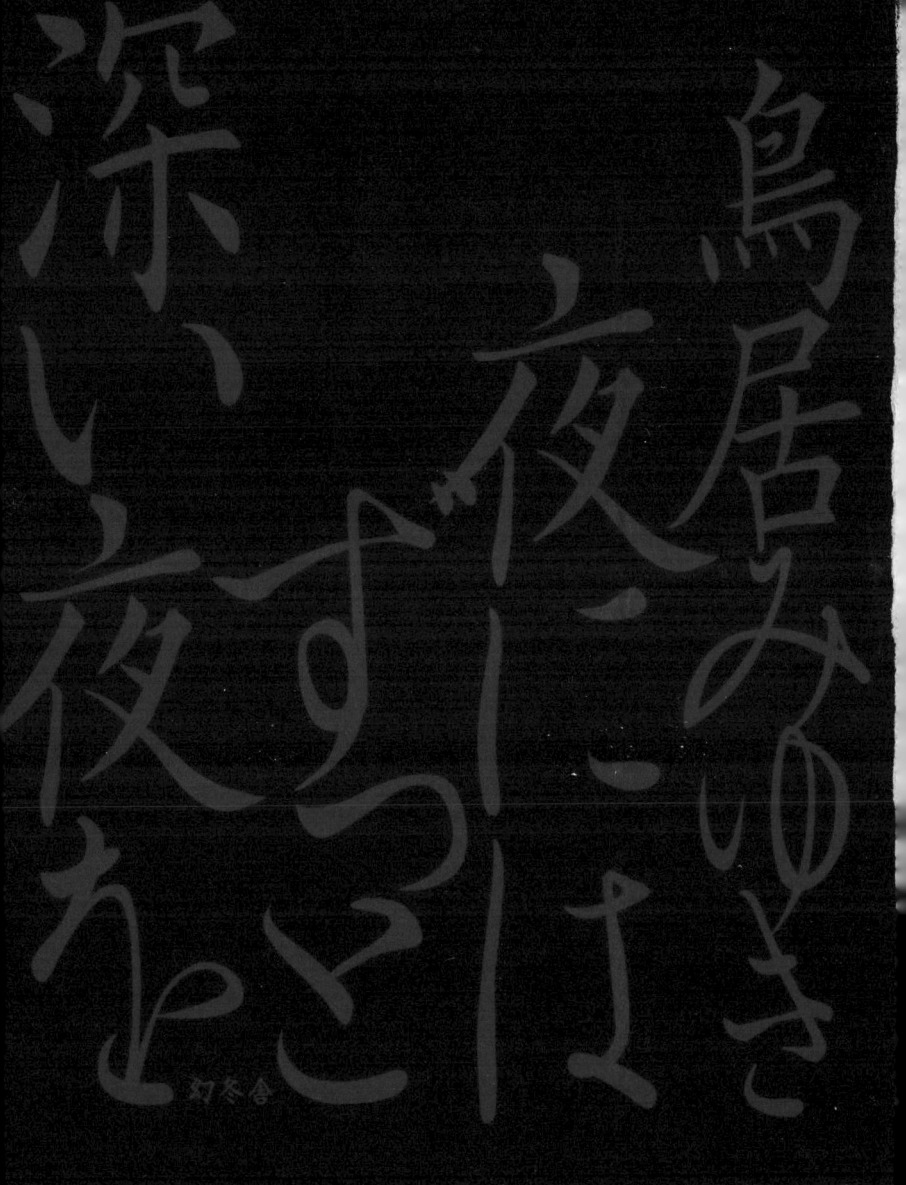

子どもの頃、線路に置き石をしたんです。
事故にはなりませんでしたが、
あのスリルが忘れられなくて。
でもこの歳で捕まりたくないですからね。
だから近頃は置きグミなんです。
グミはね、跡形もなくなるんですよ。
でも知ってますか？　香りだけが残るんです。

目次

画　重野克明

ブックデザイン　鈴木成一デザイン室

夜にはずっと深い夜を

きれいなおかあさん

「きれいなおかあさん」　1年3組　うえだゆり

わたしのおかあさんはとってもきれいです
きんじょでもひょうばんのびじんです
おかあさんはむかしみすなんとかというのにえらばれたとおとうさんが
いっていました
わたしはそんなおかあさんがだいすきです
きれいなおかあさんはきたないものがきらいです
わたしがいしのしたにてをつっこんでだんごむしをあつめてくしだんご
をつくっていると「きたないわね」といってすごくいやなかおをします
おかあさんはだんごむしのようなきたないものがきらいです
あさおきたらおかあさんがおとうさんとけんかをしていました
おかあさんは おとうさんのことがだいすきで
ふわんでふわんでしょうがないといいます

わたしもおとうさんがだいすきなのでおそろいだとおもうとうれしいです
わたしはけんかがおわるまでしたのかいにはおりたくなかったけどそれではがっこうにちこくしてしまうしなによりわたしのだいすきなあまいほうのたまごやきのにおいがしていたのでらんどせるをみぎかたにしょってかいだんをおりました
「おかあさんおはよう」というとおかあさんはわたしににっこりとわらいかけました
やっぱりおかあさんのえがおはさいこうにきれいです
おとうさんは「きみはおかしい」といってかいしゃにいってしまいました
おかあさんがわらっているのはなにかおかしいことがあったからなんだとわかりわたしもなんだかおかしくなりわらいました
おかあさんがあまいたまごやきをたべながら「わたしがわかってないとおもってるんだからほんとうにおとうさんはきたない」といいました
おとうさんもわたしとおんなじでおかあさんにみつからないようにだんごあそびをしているんだとおもいます

わたしはあまいたまごやきとみるくをのんで
「いってきます」というと
そうしたらおかあさんは「ちょっとまって」といいました
わたしはいそがないとちこくしちゃうといったけど
おかあさんはわたしのようふくをみながら「きたないわね」といいまし
た
ようふくをみるとすこうしけちゃっぷがついていたので
しまった
とおもいすぐにごめんなさいというと
おかあさんはにっこりわらい「あなたはいつもそうね」とやさしくいっ
てようふくをあらいにおふろばへつれてってくれました
わたしがせんたくきであらえばすぐだといったら
ぜんぶあらっちゃったほうがらくなんだそうです
おかあさんがだっこしておふろにじゃばんといれてくれました
わたしはおゆだとおもっていたらみずだったのでびっくりしました
「おとうさんとはかいしゃがいっしょだったのとてもかっこよくてすて
きででもあそんでばかりでおかあさんぜんぶきれいにしてあげてたの

よ」
わたしにはむずかしくてよくわからなかったけど
ふーんというと
おかあさんはじゃぐちをまたひねりました
たまってきたみずをみているおかあさんはとてもきれいです
いまにあるとけいをみたらもうひちじごじゅっぷんだったので
わたしは「もういかなきゃ」といったけどおかあさんはふたをしめてわ
たしはとじこめられてしまいました
「おとうさんとおかあさんどっちがすき？」
「わからない」
というと
「ふーんおかあさんはねおとうさんがすきなの」といってふたのすきま
からまたみずをいれます
「おとうさんをひとりじめするためにせっかくこどもをつくったのに」
くるしくなってふたをあけようとしてもあきません
きっとおかあさんがふたにおもしをのせたからです
わたしはもうようふくはきれいになったかもとおもいました
。

あたまがぼうっとしてきておかあさんおかあさん
とさけびました
おかあさんはふたをすこうしあけて
「まだよ」といいましたしめました
もしかしたらもうにどとおかあさんのあまいたまごやきがたべられない
かもしれません
でもさいごにみたおかあさんのかおはいままでみたなかでいちばんきれ
いでした
わたしはきれいなおかあさんがだいすきです

だんごむし

ゆりちゃん
わたしが石の下にいるのは
陽に当たらない為なの
御天道様に
あてて貰う陽が勿体無いから
ゆりちゃん
わたしの体が黒いのは

10月22日

今日恥ずかしい事があった。

恥ずかしさの余り

「穴があったら入りたい」と

と言ったら

穴が出現した。

自分が言った結果通り、入らざるを得なくなった。

穴は恥ずかしい。

よりによって渋谷109の前と言ってしまった為目立って仕方ない。

穴から顔を出している私を皆が見ている。

恥ずかしさの余り

「穴があったら入りたい」と言ったら、

すぐ横にもう穴が出来た。

今回は穴だらけになった。

闇に紛れる為なの
月の輝きが嘘になってしまうから

ゆりちゃん
こんなわたしが生きているのは
人間共が人間として生きて行く為なの
見える世界がでかすぎるから

けれどもわたしのような存在が
あなたの天使のような無邪気さを
破壊したいと思うのは、
いけないことでしょうか

シズカの真夜中ぶつぶつ

ああ、もう、どうしたらいいのよ！

バイト行かなきゃいけないのに、お金がなくてバイトに行けないじゃない。

ハムスターの「ミカド」に餌与えないといけないし、だから餌買う為にバイトしなきゃいけない。

だってあたし、ハムスターのミカドにも餌与えないといけないし、ハムスターの……あれ？　なんて名前だったっけ。

とにかくハムスターに餌与えなきゃいけないのよね。なんでだっけ。

ハムスター飼ってないからハムスターも飼わないといけないでしょ。犬は飼ってるけど。

だからバイトしようとしてんのよね、ったくあたしのばか。

バイト探さないといけないし、まあ勿論パートはしてるけどさ、家賃も払わなきゃいけないし、漫画だってこないだ4巻目から買っちゃったんだからあと3巻買わなきゃいけない。

彼氏だって作らなきゃいけない。

友人の華子は、結婚して、素敵なダンナとかわいい子どもと幸せに暮らしているというのに、三十代半ばにしてあたしはひとり。

あたしが男だったら彼女だって作らなきゃいけない。
ちょっと！
いけないいけないいってなんでそんな事あんたに言われなきゃいけないのよ。
またいけない？
いい加減にしてよ！
もう、なんて苛々するの。
まるであたしが苛々してるみたいじゃない。
今日もまた薬もらったんだっけ。
セパゾンセパゾンアビリット、飲んだら怖いよセロクエル♪
「酒と一緒に飲んだら、記憶飛んじゃうよ」
布施木先生！
記憶飛ばすのやめてください。
記憶飛ばしてもいいから記憶飛ばされた時の記憶は飛ばさないでくださ い。
そうだ、あたしが小学生の時飛ばした風船はどうなったのですか。
布施木先生！　答えてください。

あたしと喋るとき「あっそう」って言うのやめてください。
あれが嫌で嫌でたまんないんです、しまいにゃ頭がおかしくなってしまいます。
病院行かないといけなくなってしまいます。
『あっそう』が嫌です」
言ってみようかな。
でもそれを言って「あっそう」で返されたらどうしよう。
よーし、こっちも「あっそう」って言ってやるんだから。
布施木先生め。
布施木先生って言いにくいからいつも上手く言えないんだから濁点つけていいですか。
すぐお薬倍にするんだから倍にすりゃいいって思ってんだな。
お薬出すのが仕事かのように出すもんな。
睡眠薬なんて出しやがって。
寝るのが嫌だって言ってるじゃないか。
ぶぜぎ先生、
私はあなたの事を考えると夜も眠れません。
。

一日がずっと夜だったらいいのに。
そしたらずっと真っ暗。
でも夜にはずっとずっと深い夜をください。
生きてるか死んでるかもわからない。
地球の一部になってるかんじ。
ああ、また真夜中のぶつぶつが出てきた。
一服しないと、いけない。

煙草

私はご主人様が買った禁煙補助剤のお釣りで買われたマルボロライト。
最近は皆に煙たがられて肩身が狭いんです。
私だって辛いんです。
私にも煙草を。
ああ一服したい。
それにしてもあそこの時計は気楽でいいなあ。

時計

現在、時刻は二時十四分十秒。
二時十四分十一秒、二時十四分十二秒、二時十四……。
ちょっと待てよ。
時間って何だ？
毎日毎日「時」というよくわからないものを刻んで、
私が刻むから時が流れる。
時間……時間とは、時間時間時間。
私に考える時間を。
痒い痒い痒い痒い。
時間の事を考えると痒い。
二時十五分三十秒の私は痒い！
ああ掻きたい！
あそこにある筆ペンで思いっきりそぉーっと。

筆ペン

わたしって……筆なの？　ペンなの？　どっち？　筆とペンのハーフなの？

あのパズルらしきものならこのパズルを解いてくれる？

パズル

僕は飽きっぽい彼女の気まぐれで買われた101匹わんちゃん……になる予定だったパズルのピース。

まず枠組みから、なんてルールは無論通じず、あろうことか、彼女は合わない僕をハサミで切って無理矢理入れた。

僕はもう一匹にもなれない……なれない……なれない……なれない……なれない

「……ない、あー！　もう、うるさい！」

真夜中のぶつぶつは大きくなっていた。

もはやぶつぶつでなかった。

「うるさいうるさいうるさいうるさい!!」
煙草を千切り、
時計を壊し、
筆ペンを折り、
パズルを燃やした。

ぶつぶつはまだある。

なにがうるさいの？　わからない。
わからないの？　これだよ、これ。

暫くしてこの部屋に久しぶりの沈黙が訪れた。
真夜中のぶつぶつはなくなった。
もう 朝が来ても
喋るものはなかった。

犬

ワタシハ
ニンゲンニ
カワレテイマス
ケレド
ニンゲンモ
カワレテイマス

華子の花言葉

華子は幸せだった。

二十九歳になってやっと好きな人ができた。

同じ会社に勤める二つ年上の男性。

若くして仕事ができて顔もなかなか、モテない訳がない。

華子はというと器量が良く、ミス青葉に選ばれたこともあり、経験は豊富なものの、いつも男性に声をかけられてばかりだったため、好きという感情に疎かった。

それがはじめて好きな人ができたのだった。

華子はいつも早めに出社して彼の為に花を生ける。

花はきれいだから好き。

男はある日それに気が付きこう言った。

「ありがとう」

華子は嬉しかった。

なぜなら華子が生けた花の花言葉は、

「あなたを愛しています」

だったのだから。

次の日華子はチューリップを生けた。

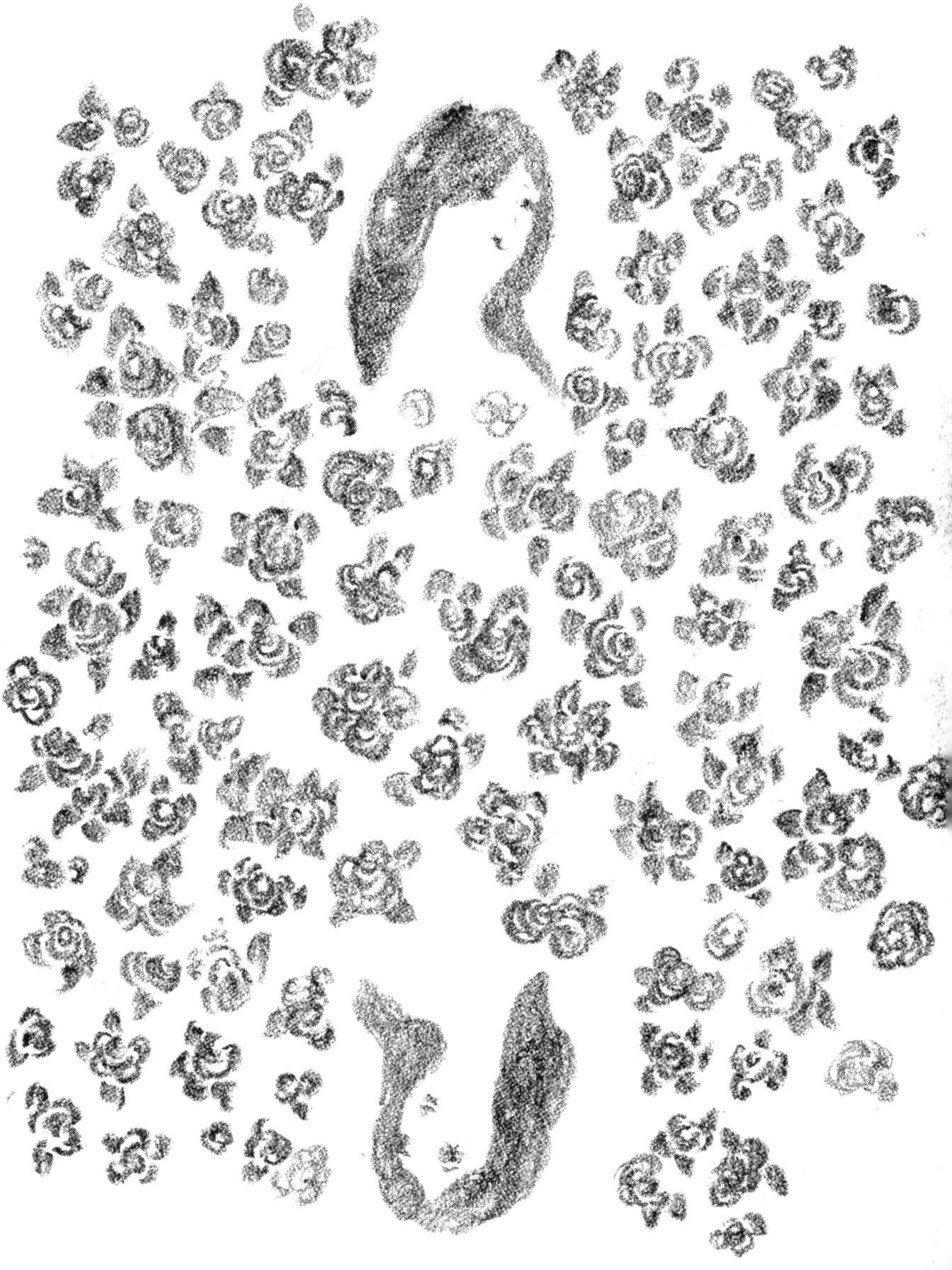

（付き合って下さい）
また花を見て男は言う。
「ありがとう」
二人は両想いになった。
その日から華子は毎日男の後をつけた。
終業の時間、男が仕事を終え、席を立つと、華子も立ち上がる。
男の少し後ろを歩きながら、会社の入ったビルを出る。
本屋に寄り道をすれば華子も雑誌を立ち読み。喫茶店へ入れば、隣でコーヒーを飲む。
付き合ってるのだから当然だった。
駅に向かう道すがら、一瞬振り向いた男を見て安心した。
だって、あのネクタイ言葉は、
「あなたに夢中」
だったから。
あっ。
とれかけたぼたん言葉は、
「うつろいゆく心」

だから、急いでつけてあげないと。

走りながら捨てたこのタバコ言葉は、

「特別な存在」

このマンション言葉は、

「燃える恋」

この203号室言葉は、

「あなたと共に」

この合鍵言葉は、

「秘密の愛」


カチャ。


「やっぱりお前だったのか、なんでここに」

この言葉言葉は、

「私はあなたに相応しい」

あら、えーっとこの包丁言葉は、

「うぎゃあああー！」

刺されながら華子は思った。

この人もしかしたら私の事……？

けれども刺されたお腹をみてニッコリ。

「この殺人言葉は永遠の愛ね」

39　華子の花言葉

ぼたん

私はぼたん
とれかけています
（気が付いて、早く）
縫い付けて欲しいの
（気が付いて、早く）
わずかに糸はあと一本
判ってる
私の代わりはいくらでもいる

きれいなぼたんがいくらでも

葉子

「あの最後の一葉が落ちた時、私は死ぬんだわ」

病院のベッドの上で、葉子は窓の外の木を見て呟いた。

そう、自分の事は自分が一番よく知ってる。

もう命が永くない事も。

今日こそ布施木先生に本当の病名を言わせてやるんだから。ふん、何が心配性よ。

病名が心配性だなんて馬鹿馬鹿しい事あるわけないじゃない。

先生は心配性な私に心配させないようにと心配して心配性だなんてごまかしてるんだわ。

ったく、先生こそが心配性じゃない。

しっかりしてよね、もう。

大体普通に考えたらわかる事なんだからはっきり言ってくれたらいいのよ。

友達が一人も面会に来てない時点で、面会謝絶にされているって事バレバレなんだから。

あ、わかった先生、もしかしてシンパイショウって心臓と肺の心肺機能になんらかの影響が出てるんじゃや、あ、ないのね、あっそう。

だったら一体なんなのよ。

もう先生の言う事なんて金輪際信じてやらないんだから。

どうせこのナースコールだって、いまテレビでちょうどやってるいいともに繋がってるんでしょ。

ほら、今始まった百人アンケート、あ、ほら、私が押したから一人ってなった。

ふふふ、さすがにそれはないか。

どうして先生は私を生かそうとするのよ。

医者だから?

違うわよ。

きっと私の事ブスだって言いたいのよ。

美人薄命って言うもの。

私がブスだってあれ、いまブスって言った?

チビ?　チビじゃないわよ百六十五センチあったら上等じゃない。

え?　死ねって言った?

ううん、言った、今はっきり聞こえたわ。

言ってないじゃないわよ、聞こえてるのよ、ほら今も死ねって。

死ね死ね死ね死ね死ね
ああ、わかりました、死にますよ。
あの木の最後の一葉が落ちた時に私はねぇ――。
ええ、そりゃ今はまだ葉っぱが青々と繁ってますよ。それはもう眩しい位の緑色よ。
なによ、私が末期だからって憐れむような目でみないでよ。
ねぇ先生、私は別に死にたい訳じゃあないのよ。
でも、わかるの、この吐き気とお腹のはりは、もうふつうじゃないものの。
そりゃ死なないにこした事はないわよ。
ただね、本当の事が知りたいだけなの。

生きてる内に壮絶な過去を書物にまとめておけば私の死後ミリオンセラーになって有名人になれるんだから。

そうして私を虐めてたやつらを見返してやりたいの。

私を捨てた親に後悔させてやりたいの。

私を犯した男に復讐したいの。

そう、全米が泣くの。
だから死ななきゃいけないの。
私、ひとりぼっちなのよ。
死にたいの。
死なせてよ。
学校なんて場所戻りたくないの。
人生なんてパンドラの箱だわ。
底の希望は余りに小さすぎて誰も見つけられなかったのよ。
だからねぇお願い先生、あの木の最後の一葉が落ちた時に私は、

えっ……妊娠？
で、でも、それって……。

「あ……花」

余命

今日具合が悪くて病院に行ったら、あと半年の
命だと言われました。
先生は緊急手術が必要だと言って、緊急に手術
をしてくれました。
怖かったけど、手術で緊急に生命線を伸ばして
貰ったので、ひと安心です。

1月9日

今日は良い天気だったのに

一本目は大変お日柄もよくとかいう言葉が上手く言えず

50回中74回も噛んでしまうので

晴乞いをする事にした。

雨乞いの儀式は昨日やった奴が久しぶりだったので

1週間かけて練習をした。

いよいよ本番の日、途中雨が降ってきてしまい中止になった。

次こそは頑張ろう

地獄の女

屋上の柵に足をかけながら私は、この雑誌編集社に入社してすぐ、地獄についての記事を任された時の事を思い返していた。

最初の仕事が地獄だなんて、どういうつもりかしら。

たしかに前の会社で私が書いた恐山の口寄せの記事が思いのほか反響を呼んだ。

だからってさ、そういう系が得意って訳じゃないんだけど。

「死んだら人はどこへ行くのか」

それはいつの時代も皆知りたいテーマなのはわかるけど、私はもっとこう、架空じゃない政治についてとか社会を斬るような記事を書きたかったのよ。

ふう、まあいいか。

愚痴を言っても仕様がない。

仕事が貰えるだけ有り難いって思わなきゃ。社内のカップルが殺人未遂事件なんか起こした前の会社なんて、雰囲気悪すぎて戻りたくないもの。

次の日から、私は取り敢えず地獄に関する資料を集め、色んな文献を読み漁った。

なになに、

「地獄とは一般的には、罪を犯した者が永遠の責め苦を受けるとされる世界で焦熱地獄や叫喚地獄といった……」

ふーん、胡散臭い。

私はひとつも納得がいかなかった。

やはりいくら死者の世界を語っている資料をみたところで、所詮想像の範囲内。

結局は生きている者が書いた文章なのだ。

地獄ねえ。

本当の地獄は痛いとか熱いとかじゃないんじゃないか。

だいいち感覚って死んでも残るわけ？　体の感覚は消えて自意識だけが残るんじゃないの？

そうすると一番の苦痛は、退屈……退屈は苦痛だ。

究極の退屈は、無。

なにもない静まりきった世界に放り込まれたら、いや、でも生きている時もそんな人はいくらでもいる。

じゃあやっぱり、針山を歩かされたり釜茹でにされたり？

でも針とか釜とかこの世で使ってる物を拷問に使うか？


地獄を調べていくうちに、想像していくうちに、本物の地獄とはどんなものか自分の目で確かめたい、そう思うようになっていった。

私はルポライターとして本当の地獄を書きたい。

いや、もはや私はルポライターとしてではなく、一人の人間として地獄に惹かれていった。


「嗚呼、死にたい」


地獄に堕ちる為に死にたい。

それが私の最大の願いとなった。

けれども虫も殺した事の無い私は、このまま死んでも確実に天国へ逝ってしまう。

天国に昇ってしまっては死ぬ意味がない。

それからというもの、急いでありとあらゆる悪事という悪事を行った。

会社の金を取り敢えず横領し、公園でイチャついてるカップルに暴行を加え、昨晩は近隣住民と無理矢理もめてとうとう殺人にも手を染めた。

さすがに虫は殺せなかったけど、一通りのベタな悪い事はしたつもりだ。

大抵の人は死の恐怖があるから悪事を働かない、でも私は死の為に悪事を働いた。


「死の為に生きる」


風が冷たくなってきた。どこかの家の煮物の匂いがここまでただよってくる。

下には走ってくる警察官が見える。

今から私は本物の地獄を見にいく。

屋上の柵を跨ぎ、勢いをつけて飛び降りた。

冷たい風を体に感じながら落ちるまでの間、私の耳にどこからか声が響いてきた。

「お前のような悪いやつは地獄に行かせてやる」

「地獄、ですか？」

「そうだ、そこは汚くて醜くて残酷でいやらしい嫌な嫌な世界だ」

笑みが溢れそうになった。

地獄行き決定！

これで地獄がわかる。

閻魔様といえども私が地獄を見たいが為に罪を犯したとまではわからないようね。

まんまと騙されて、馬鹿なもんだわ。

「い、嫌です、地獄だけは行きたくありません」

「だめだ、お前みたいなものは」

だって。

ギヒャッハッハッ。やったー。

一体地獄とはどんなところなんだ。

ああ楽しみだ。

さあ早く私に地獄をみせてくれ！

その瞬間私は激しく地面に打ち付けられた。

目の前が真っ暗になり、次の瞬間眩しい光に当てられ、私はゆっくり目を開いた。

「私、死んだよね、てことは」

これで地獄がわかるのだ。

やっと地獄との決着がつくのだ。

真っ白な光に目が馴染み段々まわりの景色が浮かんできた。


そこは、元の屋上だった。

「えっ、死ねなかったの私？　どういうこと？」

「地獄とは」

さっきの声が頭の中でまた聞こえた。

「汚くて醜くて残酷でいやらしい嫌な世界だ」

そうか本当の地獄は、地上だったのだ。

呆然としている私の目に、警察官が走ってくるのが見えた。

「そうだった」

これから一生かけて罪を償わなくてはならない。

死ぬまで……いや、死んでもまた同じ……。

溜め息をひとつ洩らしポツリと呟いた。

「生き地獄だわ」

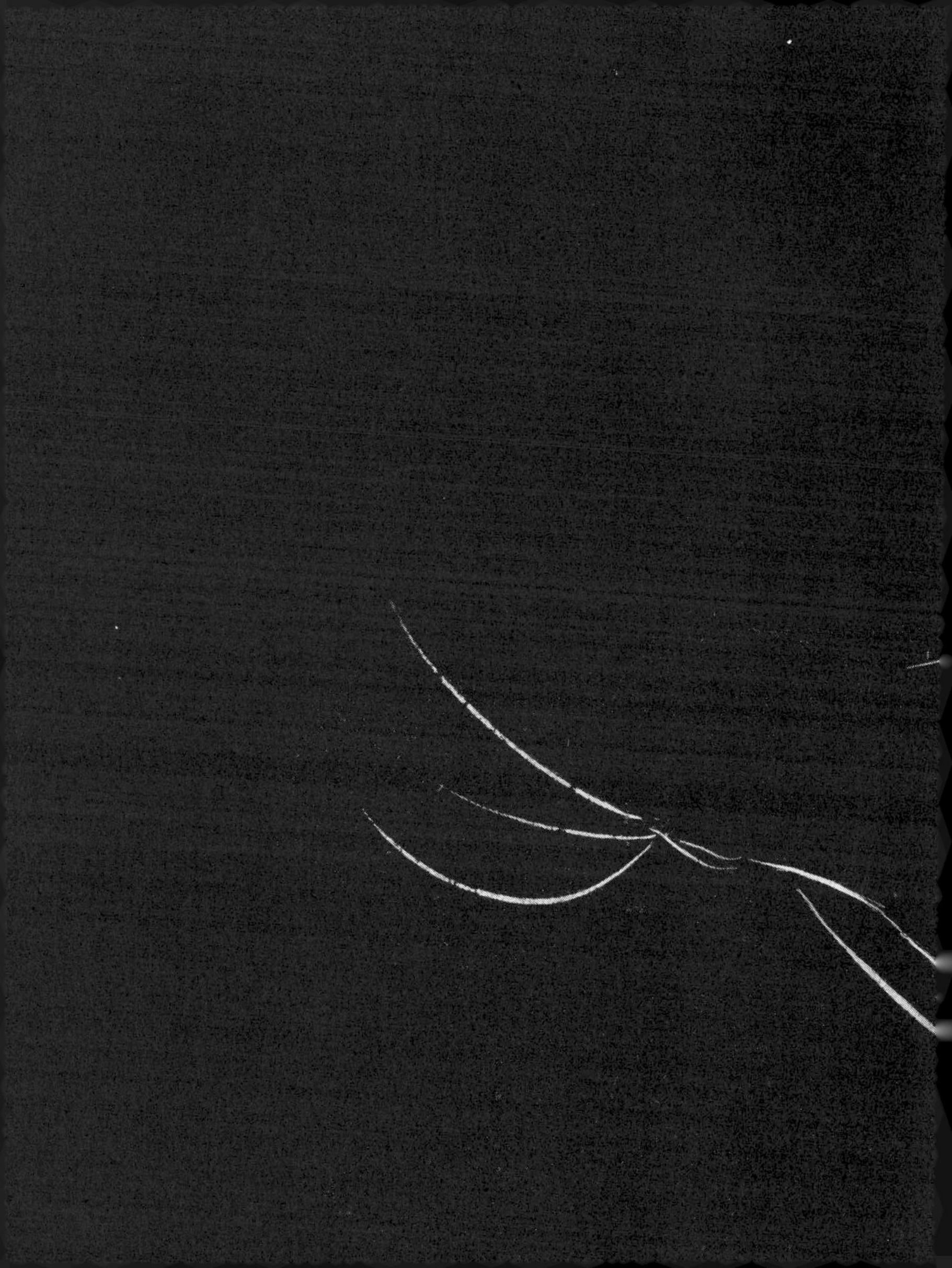

いるモノ

ちぎれちぎれ
親指ちぎれ
ちぎれちぎれ
中指ちぎれ
ちぎれちぎれ
薬指小指
人差し指はとっとかないと

人が指せません

（くり返し）

幸子

「幸せなもんですか」

幸子の苛立ちには幾つかの理由があった。

第一の理由

幸子は自分の名前が嫌いだった。

生まれながらにして幸せを義務付けられているかの様な名前が気にくわないのだ。


「全く馬鹿げているわ」

なんだって私はこんな嫌な名前をつけられたのかしら？

幸せになって欲しいから？　人を幸せにする子になって欲しいから？

名前に親の願望を封じ込めるのは結構だけどさ、できればもう少し具体的に言って欲しいものだわ。

幸せになれなんて言われたって、どう幸せになればいいかわかりゃしないもの。

かしこくなって欲しいから智子とかさ、かしこい上に美しくなら智美とか。金持ちになって欲しけりゃ富子とかね。

せっかく医者の娘なんだから、病気を治す子どもで「治子」でもよかったじゃない。

いいえ、それでもまだ抽象的ね、きっと悩むに決まっているわ。

でも、もしそれ位しっかりとした名前だったら私は素直な子だから、親の望む人間になる為に努力するわ、きっと。

なのになのに、なによ幸子って。

ええ、そりゃ幸せになるに越した事は無いし、人を幸せにできたら本望だわ。

だけど、どうすりゃ幸せになれるのよ。

第一、両親にとっての幸せと私にとっての幸せが一致しているとは限らないんだからね。

幸せって何よ。

馬鹿にしないでよ！


あいにく幸子の問いに答えられる者は誰も居なかった。唯一、その問いへの解答権を持ち、尚且つ答えを知り得るはずの幸子の両親は、父親が担当していた患者の葬式に二人で参列した帰りに事故に遭い他界していたのだ。

幸子は深く溜め息をついた。

第二の理由

精神はさておき、幸子の肉体は健康そのものだった。世の中には、健康こそが何よりの幸せだと考える人も居るらしいが、それは健康を失いかけている者、もしくは完全に失っている者達の考え方だ。確かに、健康に勝る幸せは無いのかもしれない。しかし、同時に健康ほど実感しがたい幸せも無いのである。

幸子は自分が年頃の女性として魅力的でない理由を健康のせいであると結論付けた。

顔色はさほど良くなく、体育の授業の半分は見学し、全校集会の校長先生の話で貧血をおこし、給食はほとんど残す……といった、か弱い女を男達は欲しているのだと幸子は思い込んでいた。

幸子はなるべく不健康そうに見られようと、意識的にうかない顔をしたり、物憂げに頬杖をつきながら溜め息を吐くなどといった懸命な努力をしているのだった。ところが、いくらそんな素振りを見せた所で、顔色を青ざめさせる事など出来るはずもなく、眩しい程につややかな肌をくすませる事も出来なかった。クラスメート達はそんな幸子を「不健康で可哀想な少女」ではなく「不機嫌で可愛げのない少女」と認識した。

幸子は学校で浮いていた。彼氏どころか友達すら出来なかった。

幸子はそれをすべて「幸子」のせいだと憎んだ。

移動教室に誘われないのも、遠足の班決めでひとり余るのも、自分の顔がブスなのも全て、私が悪いんじゃない「幸子」がいけないんだわ。

幸子さえいなければ、幸子なんて生まれてこなければよかったんだわ。


「幸子って名前はね、幸せになって欲しいから付けたんじゃないんだよ。お父さんとお母さんはね、あなたが生まれて来た事が本当に嬉しかったの。幸子が居るだけで私たち家族は幸せだからあなたに幸子と名付けたんだよ」

お母さんがそう言った……気がした。

ポロリと涙がこぼれた。

「お母さん……ごめん」

幸子は窓枠から足を降ろした。

幸子は今死のうとしていた。

誰も居ない放課後の教室で子供のように泣きじゃくった。

「ごめんなさい、ごめんなさい」

しまりのないダムの様に涙を溢した。

嗚咽を漏らし涙でぐしゃぐしゃになった自分の顔がふと窓に映った。


ひどい顔だった。

少し笑ってみた。

やっぱりひどい顔だった。「お母さん、私は、幸せになりたい」
幸子は再び右足を掛けながら
窓に映った三メートルもある自分の体を見てさいごの溜め息をついた。

73 幸子

ある少女の死

その少女は
高所恐怖症で
自分の背が伸びるのを
怖がった
伸びゆく成長を止めようと
自殺した
彼女は天に昇った
空は恐ろしいほどに

高かった

佐々木さん

「ねえねえ、こないだ久しぶりにフセインとランチ食いに行ったんだけどさぁ、したらそこでばったりゴルバチョフに会っちゃってぇ、しかもそこで店長してたのがライス国務長官だったんよ、まじうけたんだけどぉ」

事情を知らない人はなんのサミットかと思う事だろう。フセインもゴルバチョフも当たり前だが本人ではない。勿論ライス国務長官がファミレスの店長なんてしているはずもない。これらは全てあだ名なのだ。

私は今、久々に地元である群馬に戻って来て中学校の同窓会に参加している。

「群馬西中学校」と大きく書かれた貼り紙のある襖を開けた瞬間耳に飛び込んできたのが先程の意味不明な会話だ。

そう、昔はやたらとあだ名をつけてたっけ。

彼等は当時のあだ名を後生大事にそのまま呼びあって成長してきたのか。

私は殆ど忘れてしまっている。

と言うのも、中学三年の終わりに親の転勤で東京に引っ越したものだから、あだ名を呼びあう友達が居なくなり自然と忘れていってしまったのだ。

同窓会はと言うと、とっくに始まっていたのだが最初の入るタイミングを間違えたのと生まれ持った存在感の無さで私の存在は全く気付かれていない。

まあ、それはおいおいでいいか。

入り口から最も近いテーブルの端にスッと腰を下ろした。

本当に久しぶりだ。

群馬に来るのも皆に会うのも中学以来だ。

中学……いまからちょうど十年前か。

皆、変わってないな。

「デメー、店員呼んで」

デメと呼ばれているのは窪田君。

出目金病で眼が出ているからデメ。

「窪田なのに窪むどころか出ちゃってるよ」なんて言って笑ったっけ。

子どものつけるあだ名は無邪気に残酷だ。

私のあだ名はなんだったっけ?

思い出せないけど「ウンコ」「ヘドロ」「吐瀉物」なんてあだ名じゃなかった事は確かで、
それだけがせめてもの救いだ。

何だったっけ?

まあ、おいおい誰かに呼ばれて思い出すだろう。

確か、皆の飲み物のオーダーをとっているのがマイナス3(前田さん)。

会費を集めているのはフビライハン(鯨井さん)。


「なんかデカイ子いたよねー」

幸子のことだ。


浮かれて変なテンションになり早くも上半身裸のカンダタ(神田くん)。

そうだそうだ。

少しずつ思い出してきた。

軽く眼を泳がせ私はまだ視界にとらえていないゲンをうっすらと探した。

ゲンと言っているがこれまたあだ名で、梅雨の時期に靴下が乾かなくて裸足で一度学校へ来ただけでイコールはだしのゲンだという理由からゲンなのだ(なんだそりゃ)。

ゲン……いないのか。

私はゲンに会いにきたのだ。

ゲンは隣の席で、いつも明るく、男女問わずクラスの人気者だった。

私は人とうまく接する事が出来なくてだからそんなゲンに嫉妬した。

凄く羨ましかった。

ある日、そんなゲンが、放課後の教室で泣きじゃくっていた。

何があったのかは知らないけど、あんな顔みたの初めてで、なんだか胸がギュウッてなった。

ゲンは忘れ物を取りに来た私に気付き驚いて、照れたように笑った。

「言わないでね」

次の日。

もういつものゲンに戻っていた。

私はゲンに嫉妬していたんじゃない、ゲンと仲良くしてる皆にヤキモチを妬いていたんだ。

私はゲンに惹かれてしまった。

いや最初から惹かれていたのかもしれない。

体育の時、給食の時、掃除の時。

気付くと眼が追いかけていた。

眼があった時は、体中の血が沸騰したように熱くなった。

会えない日曜日は苦しかった。

これは好きという感情なんだ。

そう解った時には、親の転勤は決まっていて、意気地無しの私は告白出来ないまま、
引っ越してしまった。

私の事覚えてるかな。

中間テストの時、消しゴム貸した事を言ったら思い出してくれるだろう

か。
それとも休んだ日の分のノート見せてあげた事。
ううん。
あの日、泣いてた事、二人だけの秘密は十年間の私の支えになっていたんだよ。
私、ずっとゲンの事思ってた。
美容師になりたい夢は叶ったのかな。
今日会ったら、
「今度髪の毛切ってよ」
とか軽い感じで話してみようかな。
でも相変わらず口下手な私には無理ね。
凄く素敵になっているんだろうな。
恋人はいるんだろうか。
いるよね。
私とは違ってモテるもの。
それでもいい。
ゲンに会いたい。

「あれ？　ゲンは？」

ビクンとした。

してしまった。

私の心の声が漏れてしまったのかと思った。


と、途端に沈黙が流れた。

「え？　ツッチー知らないの？　こないだの新聞に載ってたじゃん……死んだって」

え？

なに？

どういう事？

ゲンが……死んだ？

「うそーマジ？」

「ああ、俺も見たよそれ。

『迫間のり子（二十五）都内の自宅で壁に頭を打ち付け死亡』

自殺だってな。なんでもガリガリに痩せて顔がぐちゃぐちゃに潰れちゃってたらしいよ」

3月17日

朝、起きると体が宙に浮いていました。

10年前に「お前は地に足がついていない」

と言われた事があります。

という事は、その時もうすでに浮いていたという事なのでしょうが。

10年前といったらなにぶん成長期なもので、ですから身長が3メートルとかの方

「成長期って案外とやるな」ぐらいにしか思わず、すんなり受け入れていました。

気付きませんでした。

1メートル余り浮いていたのですね。

学校で「お前は浮いている」と言われていたのは額面通り受け止めて然るべきだったのですね。

その頃からです。

徐々に家族も会えなくなり、徐々に友達が居なくなっていったのは、ようやくわかりました。

家族も友達もまだ居たのに、徐々に遠く距離が伸びていた私が今は見えていなかっただけだったのですね。

今になってようやく全て繋がり理解しました。

私は孤独じゃなかったのです。

けれど解ったところでどうしたらよいか判りません。

今はただ靄が遠くに見える世界をひたすら見つめているだけです。

5月4日
今日はお休みなので、家でのんびりゴロゴロしています。
ゴロゴロするのはとても気持ちがよいものです。
ゴロゴロしていたら
ゴロゴロ家から出てしまいました。
道路をゴロゴロ転がり
海をゴロゴロ転がり
ローマをゴロゴロ転がり
あっちへゴロゴロ
こっちへゴロゴロ
なんて気持ちがいいのでしょう。
そうして私は
ゴロゴロしすぎてだんごむしになりました。

死んだ。
なんだ。
ゲン死んじゃったんだ。
ゲン……ううん……のり子……。
そうか、そうなんだ。
帰ろう。
溢れ出る涙を拭いながらバッと立ち上がった私の存在にようやく皆が気付いた。
「あ、佐々木さん」

のり子

部屋に一匹虫がいます。

ずっと気になっていました。

ヤツは私がご飯を食べると姿を現します。

烏龍茶のパックを開けるとやってきます。

寝るとやってきます。

虫ってご存知ですか？

ちぃいっちゃくって黒くって動くんです。

多分あれはコバエという虫です。

コバエはいやらしいです。

コバエのコはコイヌのコなんかではないコジキのコです。

ゴキブリのように見た目が不気味なわけでもなければハチのように人に危害を加えるわけでもない。

虫の割りに嫌われ者の部類じゃないからでかい面してのさばるのです。

ただわかって欲しいのは、嫌われてないけど好かれてもないというのは言い訳にすぎないという事です。

中学生の時放課後の教室で男子に告白した時もそうでした。

「俺、お前の事嫌いじゃないけど、好きでもない」

なんなんですかそれは。
「嫌いじゃない＝好き」でしょうが。
普通なんて無いのです。
私は二元論が好きなのです。
好きか嫌いか
イエスかノーか
はっきりしないのが嫌なのです。
私はイエスと言える日本人なのです。
大体コバエごときが私の脳味噌を支配するなんて。
悪さをしないと言えども可成のワルじゃありませんか。
嗚呼
ブーンブーンの音も
甲州街道をひたすらに飛ばす暴走バイクの音に聞こえます。
今こうしてる間にも
ブーンブーン
どこかに虫がいる気がして
でも、見回してもいない。

もしかすると私が寝ている間に耳に入り込んで卵を産んでそれが孵化して頭ん中はもうそれはもう数えきれない程の蟲がうじゃうじゃ。

なんて事を考えていたら
あああああああー!!

気が違ってしまうのです。

だから早くその前に
捕まえなくては
ヤツを確実に殺さなくては
殺られる前に殺れ！　です。

中国の諺でありました。

（なかったっけ）

私は必死に追いかけました。

しかしながらコバエというだけあってコバエはコバエなんです。

小回りがきくのです。

すばしっこいんです。

五十メートルを十三秒で走る私の身体能力を以てしても捕まえられないんです。

ああ、もう！
すると決まって私は苛々して
『天使にラブソングを1』
を観ながらホットココアを飲んで平常心になろうとするんですが
あんな素敵な映画を観てしまうと私の感情は至極昂ってしまい
見終わったあと必ず自分の鼻唄が出て余りの音痴に嫌気が差してまた
苛々してしまうのです。
悪循環！
だから私は食べる事も飲む事も寝る事もやめました。
勿論ゴスペルの真似事もしません。
ココアもよーく冷やして飲みます。
なのに
なのに気がつくといるんです。
でもとれないんです。
ああ近くて遠いあなたの存在♡
莫迦にしないでください。
そんな淡い初恋のようなもんじゃないんです。

初恋か。
では私の初恋の話を書きましょう。
あれは中学生の頃でしょうか。
放課後夕日の射した教室に一人残っていると後ろのドアがガラガラガラ
と開き振り返るとドアから虫が、
あ、いや、
ドアから密かに気になっていた高橋くんが忘れ物の虫をとりに、
いやいや、
忘れ物のルーズリーフをとりにきて私の目の前を、
目の前をブーンと、
忘れ物の虫を捕りに、
虫れ虫の虫を
……いい加減にしてください。
見ました？　ああ見ていませんか。
今、こうして初恋の話に花を咲かせていた今
虫が私の目の前スレスレをブーンと横切りました。
虫さん、空気読んでください。

やめですやめです。
もう過去の初恋なんかより現在です。
私の目の中に入るか入らないかのギリギリのところを少しの躊躇もなく
全力疾走していった事ではっきりしました。
なめられているんだと。
私がご飯を食べようがパンを食べようが
烏龍茶を飲もうがコーンスープを飲もうが関係ないんです。
私が折角制限した衣食住にヤツは土足で踏み込んできます。
調子に乗っています。
頭がギチギチこめかみがズクズク
やはり頭ん中に蟲が沢山いるようです。
とにもかくにも、略して、兎に角。
私は一匹の虫ごときにすっかり生活リズムを狂わされてしまったのです。
最近では何を見ても虫に見えてしまい
落ちてる埃が虫に見え、自分の書いた字が虫に見え
リモコンの5番についてるポッチも虫だと思い

挙げ句の果てには気分を落ち着かせる為に薬を飲もうとしてもその錠剤
が虫に見える始末です。
黒いテーブルも黒いワンピースも
虫の集合体にしか見えません。
スイミーは小さい体を大きく見せようと張り切っていたようですが、違
うのです。
愚かな間違いです。
小さいモノほど不気味なんです。
誤解して貰っては困ります。
虫は元々好きなのです。
あの一匹の迷惑な虫のせいで他の虫まで嫌いになりたくないんです。
最近の気になる事は?
と聞かれたら
今の私は迷わず
一匹の虫と答えるでしょう。
マイブームもしかりです。
こないだまではフラフープでした。

その前はエッグタルトでした。
それが今や虫です。
たった一匹の虫です。
私も随分堕ちたものです。

朗報です。
なんと今、あの憎き虫ケラを殺しました。
やりました。
ヒーローインタビューヒーローインタビュー
「勝因は？」
「えーそうですね、やっぱり
この数ヶ月、会社も辞めて一匹の虫に全てを費やしてきた事ですかね」
殺りました。
右の拳を思いっきり打ち込んでやりました。
ビリビリと右の肩に衝撃が走りました。
そりゃそうでしょう。
一で殺せる物に十もかけたんですから。

人一人殺すのに核ミサイルを使いますか？

イエス。

私は使うのです。

白い壁にヌベーと茶色いシミが出来ました。

「殺った」

確実に殺った形跡
栄光の証
暫く眺めて居ました。

でもそれを見てる内になんだかダイイングメッセージのように思えてきて無性に可哀想に思い左手とそれから皮が捲れ血が滲んだ右手をくっつけ合掌をして最期の別れをしてやりました。

一分黙禱を終え、ふと左手に目をやると人差し指の付け根の窪みになにやら黒いツブがついて微かに動きました。

ん？

ああっ
そうです。

虫です。

私は浅はかでした。
先程の虫は私の思っていた虫じゃなかったのです。
私の殺そうとしていた一匹の虫は左手から飛び立ち今まさに私の目の前
をブンブン優雅にはばたいています。
ずっと悩まされていた一匹と間違えて騒動とは無関係の新規の一匹を殺
してしまいました。
ああ
私はなんて事をしてしまったのでしょう。
先程も言ったように虫が嫌いな訳じゃないんです。
あの一匹の虫が嫌いなのです。
なんてミスをおかしてしまったのでしょう。
ただ静かに壁に張り付いていただけのあなたに対し
雑誌を読むのに夢中だから虫の存在になんて気付いていないわよと油断
させての右手ストレートを打ち込んだ私はなんて卑劣なんでしょう。
あなたが最期に残したダイイングメッセージは
「ワタシジャナイヨ」
だったんですね。

冤罪だったのに。
無実の罪を着せられて逝ってしまったあなた
壁に張り付いていたのも
隣の住人が私の悪口を言っていないか見張っててくれてたんですよね。
ああ ごめんなさい。
ごめんなさい。
罪悪感で一杯です。
ああ
「ワタシジジャナイヨ」が
「ワタシユルサナイヨ」
に見えてきました。
お願いします。
許してください。
許して……くださ……い……

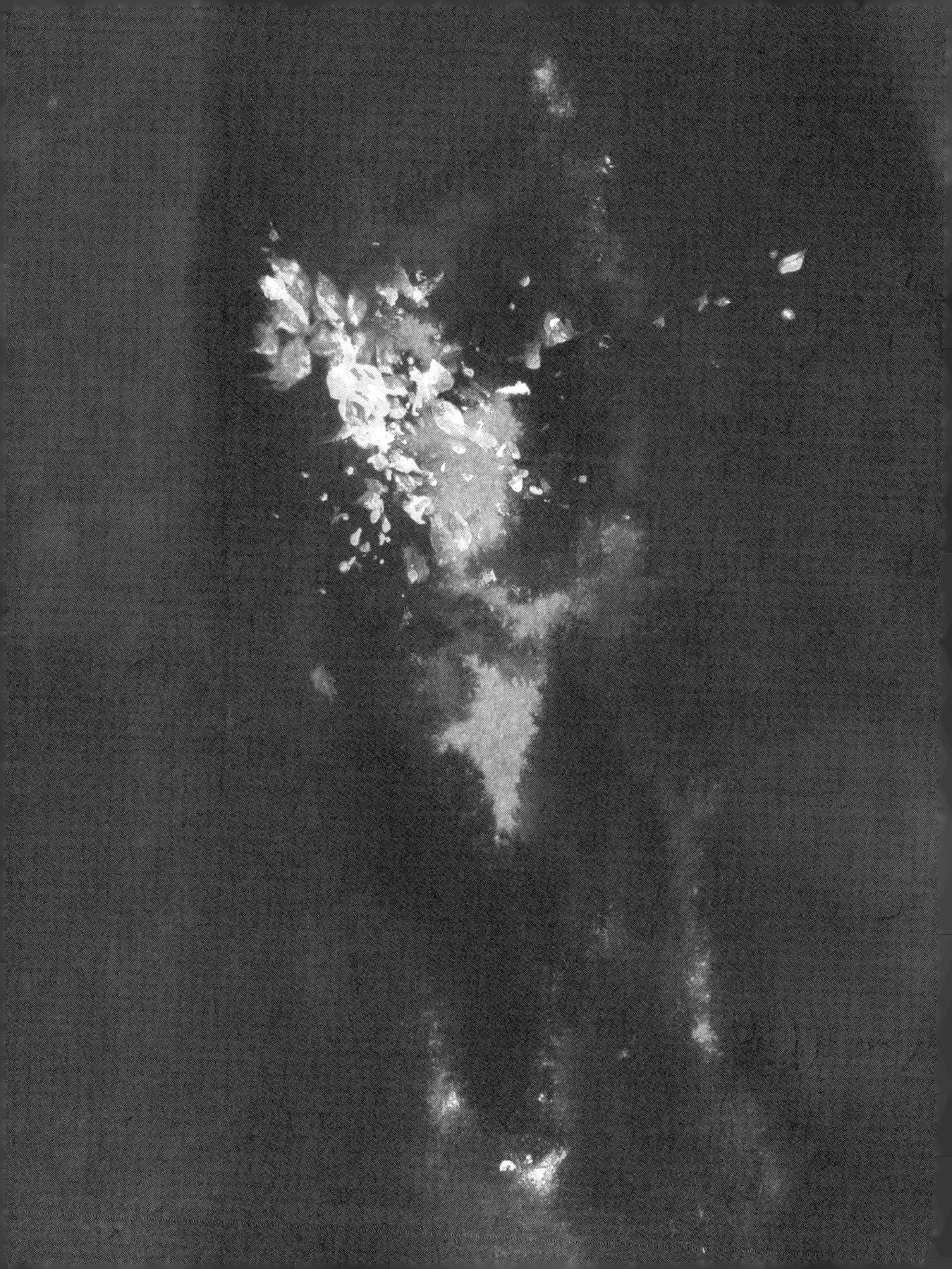

「なんかねぇ、一昨日ぐらいから臭いって隣んちから連絡あってねぇ」

鼻を摘みながら喋る大家さんに引き連れられ、アパートに駆け付けた警察官の俺は、すでに異臭を放つドアの前でハンカチを鼻に押しあて鍵を回しドアを開けた。

1LDKの女性の一人暮らしの部屋には、殺虫剤やゴミや送り返せていない同窓会の招待状が散らばっていた。

人が死んでいた。

壁に一人の女が前のめりにもたれ掛かって死んでいた。

まるで強い力で壁に打ち付けられたかのように無惨に顔だけグチャグチャに潰れ写真立てから見てとれる美人の面影はどこにもない。

そこから流れ出た血は時間経過により茶色くなって壁にシミをつけていた。

自殺……か？

まわりを見回すと
「うわっ、すげえ」

部屋中を沢山の虫が狂ったように飛んでいた。

初めて見る光景に若干の恐怖を感じながら、俺は右肩に止まった一匹を汗ばんだ左の手の平でプチンと叩き潰した。

ゴミ屋敷

俺の家には物が沢山ある。コーヒーカップからソファ、マッチ、ガネーシャの置物、出せなかった手紙、蝉の抜け殻もすべてが大事なコレクションだ。

俺ん家はそんな物達で溢れかえっていた。

入りきらない物は玄関や庭に置いたりオブジェとして飾ったりしていた。

俺はそんな好きな物達に囲まれて二つ上の姉さんとひっそりと幸せに暮らしていた。

ところが先週、この幸せを壊す出来事が起こってしまった。

近隣住民がゴミを片付けろと言い出したのだ。

俺は耳を疑った。

ゴミ？　なんの事だ？

最初は何を指して言っているのか理解出来なかった。でもすぐにわかった。

俺のかわいい収集品がゴミと呼ばれているのだ。

なんという侮辱だ。

近隣住民にとっては要らないゴミかもしれないがこれらは俺にとっちゃ

生活必需品でなくちゃならない物なのだ。

なのにそんな俺の怒りもお構い無しに、ただ「片付けろ」の一点張り。

大切にしている物をゴミ呼ばわりされるほど口惜しい事はない。

これのどこがゴミだと言うのだ。特にこの空き缶なんて程好くくすんだ感じがとても魅力的だ。

こっちのお気に入りのライターも火をつける事は出来ないが、だからといって捨てようとは思わない。

ゴミの定義はなんなのだ。

缶はドリンクを入れておく役目、ライターは火をつける役目。本来の目的とする仕事が出来なくなった時にゴミという名に変わるのか。

だとしたら姉だってゴミじゃないか。

実を言うと姉さんはずっと寝たきりで、ろくに会話も出来やしない。人間としてはおそらく機能していない。ずっとと言っても生まれつきのもんじゃなくて、三年前くらい、いや、五年も前になるかな、なんでも中年男に腰骨引っこ抜かれる夢を見てから立てなくなってしまった。

夢を見ただけなんだ。

精神的な病気か何かなのかもしれない。中年男がまた出て来て腰骨戻してくれりゃあケロッとした顔で「おはよう」なんて起きてくるのかもしれない。じゃあ誰かに殺される夢を見たら死ぬのかよって聞いたら「そうよ死んだら生きる夢を見て生き返るわ」なんて言いやがる。

今はもう喋る事だって儘ならないが取り敢えず死んでないとこ見るとまだ死ぬ夢は見てないんだろう。

大体今時の人達は温暖化だエコだとかいう癖にすぐ物を捨てたがる。弁当の入れ物、聴こえなくなったラジオ、猫や犬、最近では、赤ちゃんポストなんてものまで出来て、そのうち老人ポストなんてもんも出てくるかもしれないな。

姉さんポストがあったらよかったけど。

その日から父さんが残した立派な一戸建てはゴミ屋敷と呼ばれるようになった。そのうちマスコミが面白がって訪れるようになった。インタビュアーに質問される度に俺はキレた。

俺がキレる度に視聴率は上がった。

カンペでキレろとまで出る始末だった。

時にはホースで水をかける演出もした。

「なぜゴミ屋敷に棲むのか」という二時間の特番が組まれ、それもまた視聴率がよく、プロデューサーの目にとまり、ワイドショーのコメンテーターとしてゴミ屋敷の実態を語った。

モノの大切さを訴えるCMにも出演した。

俺は一躍有名人になった。「五味ただし」という芸名を与えられ、「ゴミちゃん」と呼ばれ親しまれるようになった。

殺人を犯し、屋上から飛び降りた女を捕まえたのが唯一にして最大の実績だった警察の仕事はやめてしまった。虫がぶんぶん飛ぶ部屋で死んでいた女を引きずりだすというろくでもない作業が最後の仕事だ。あの日も今日みたいにむし暑い日だった。

でも、いまやスタジオに通う売れっ子スターだ。

また俺ん家は有名な観光スポットとなった。

あんなに嫌がっていた近隣住民もこれは町おこしに良い機会だと便乗し、ゴミ饅頭やゴミストラップ、ゴミタオルなんて物を売り出した。それもまんまとバカ売れし、また金がわんさか入ってきた。

本当にゴミ屋敷サマサマだった。

でも、暫くすると仕事が減ってきた。みな飽きてきたのだ。俺はゴミ集めに精を出した。もうゴミをゴミとしか思わなかった。でも集めた。これでまたテレビに出られるのだ。

俺は今までよりも増えたゴミに埋もれ干からびた姉の悪臭に耐えながら仕事のオファーを待った。

しかし暫くたっても来なかった。

テレビをつけると騒音おばさんの話題で持ちきりだった。

俺はゴミのように棄てられたのだ。

山積みになったゴミの中に、静かに身を落とした。

115　ゴミ屋敷

蟬

月曜日に私は生まれ
火曜日に友達ができ
水曜日に友達が死に
木曜日に貴方に恋し
金曜日に貴方は死んだ
土曜日に思い切り泣き
日曜日に私も死んだ

人間よこれが私の一週間の生涯です
あなた達の長い一生
私とどちらが重いでしょう

或るマッチ売りの少女

私はマッチ売りの少女です。

正確に言うとマッチ売りの少女のマッチ売りの少女です。

意外と若く見られるけど少女と呼べる年でもありません。

マッチ売りの少女に騙されました。

すっかり騙されました。

私はこの今の全て満ち足りた日本でマッチ売りをしている少女に同情したのです。

「全部下さいな」

ああ、この一言が全ての始まりだったのです。

まさかマッチ売りなんてアルバイトがあったとは。

少女は一言「まいど」と言うと奥からマッチのぎっしり詰まった六箱もの段ボールを出してきました。

（こんなにあるの？）

思ったものの正直言葉になりませんでした。

けれども一度言ってしまったものは引っ込めたくない。

妙なプライドが出てしまい、急いで銀行で預金を全部下ろし、要りもしないマッチを買い占めてしまったのです。

6月30日

今日は何だかな～と言う日でした。

仕事が休みだったので家で寝ている予定だったのですがこういう日に限って隣人があちこちで騒いでくるのでもう来なくていいと電話をかけてしまいました。

鏡をみると顔がくらくらになっていたので病院に行こうと思いました。

しかしよく考えてみると病院の方がかなり夜間診療もあるのでデパートに行く事にしました。

デパートに行った所で時計が売っていなかったら困るので大型時計店に行く事にしました。しかし私がいつも行く大型時計店だと思っている店が他の人から見れば小型時計店だとしたらすごく恥ずかしい事です。

友人に意見を求めたらどこから行っても遠くはない。

そう思い電話を掛けようとしたのですが

電話を持っていなかったのでデパートに買いに行こうとしました。

デパートに行った所で電話が売っていなかったら困るので大型電器店へ行く事にしました。

しかし私がいつも行く大型電器店だと思っているものが他の人から見

ら小型書類店などしなかったらすごく恥ずかしい事です。
なので電話局に行く事にしました。
電話局は家から出て百と五分かかります。
二つ隣の建物です。
隣な用の紙を渡し外に出ると雨が降ってきました。
雨用の傘を買いに三百歩かかるコンビニへ行きました。
電話局を通過しコンビニへ入ると雨用傘が売り切れでした。
パームのレイン用傘と高級雨用傘で残っていて、やはり子供サイズ
かかったのでカラフル傘を買って帰りました。
そのうち雨がヘシャぶりになってきました。
スジャぶり用傘を買いにコンビニへ戻ったらコンビニがありませんでした。
雨はスジャスジャ降ってきて、街も建物も私の家も流して行きました。
みんなみんな流れて行って数時間後はきれいさっぱりなくなりました。
地球はただの丸になりました。
地球上には私以外残っていません。
私は立ったまま持っていたカラフル傘を食べました。
なんにもなくなりました。
今日はなんにもない一日でした。

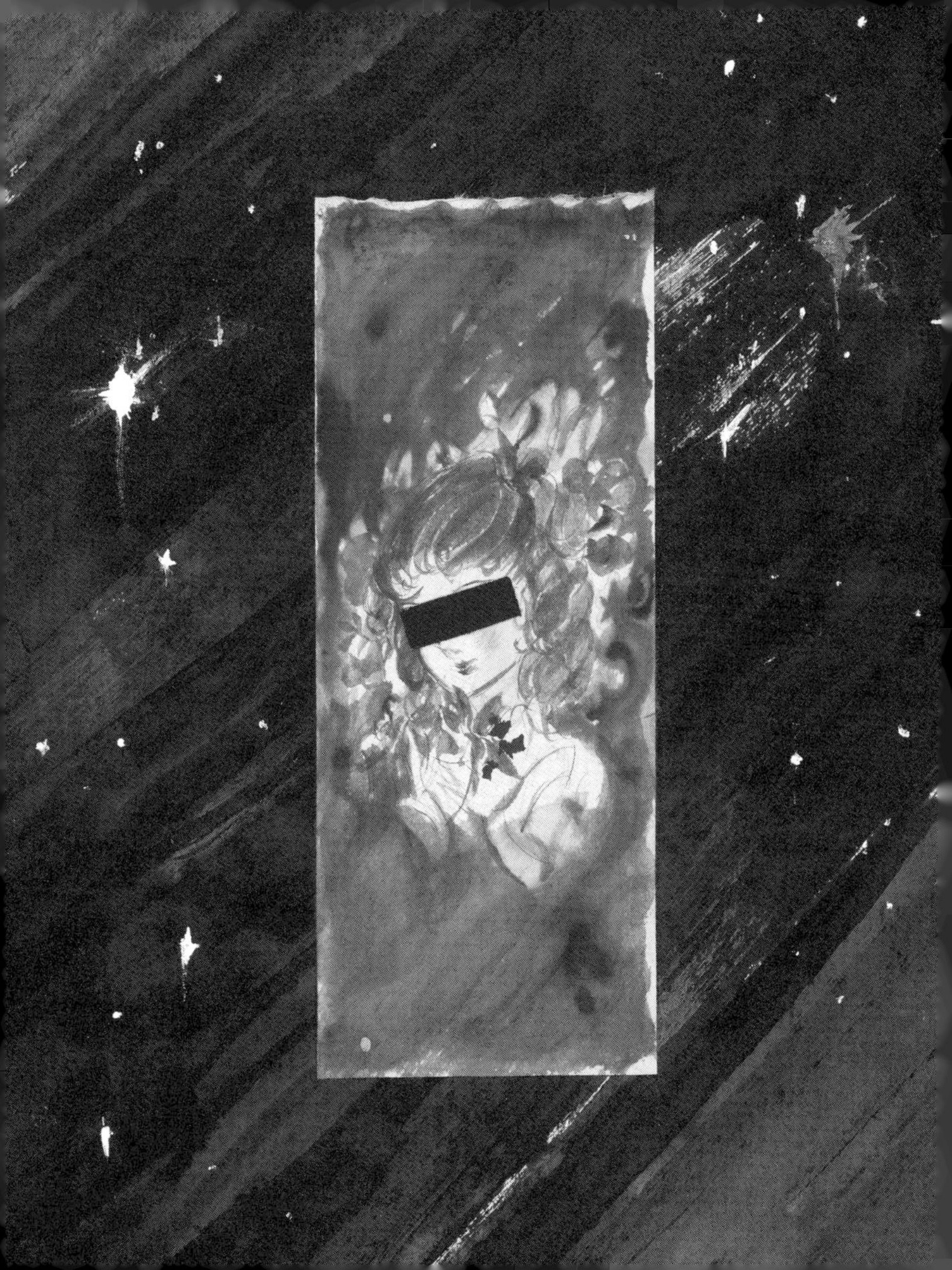

間違った正義感でした。

全て私のエゴです。

iPodを聞きながら帰って行く少女の背中を見ながら、私は溜め息をひとつ吐きました。

「帰れない……」

そうなんです。

せめて帰りの電車賃だけでも取っておけばよかった。

私の有り金全部はたいて手に入れた虚栄心という名のマッチは、手の中でバラバラ崩れていきました。

「売らないと……帰れない」

涙が頬を伝います。

ふと横に眼を向けると、ライター売りの青年が居ました。

その隣には火打ち石売りの中年が居ます。

ライター売りの青年は、甘いマスクで且つ同情を誘うボイスを持っていて、熟した女がほっとかない感じです。

現に百円ライターを百二十円で売っています。

火打ち石売りの中年は、実家が裕福らしく道楽でやっている感じです。

世の中には石ころを百万円で売れる人も居ればダイアモンドを百円でしか売れない人も居る。

私は後者なのかもしれません。

まわりを見ると街全体が何かしら売ったり買ったりして成り立っている事に気が付きました。

人生はそういうものなのでしょう。

神様がそう決めたのでしょう。

ならば私が神になろう。

マッチを一本も売ることの出来ない女が神になろうとしています。

バカみたい。

よし、マッチを売りましょう。

「マッチいりませんか？　マッチいりませんか？」

ええそうでしょう。

私だっていりません。

段々日も翳り寒くなってきました。

私はマッチを擦ってみました。

一瞬暖かくはなるものの、すぐに消えてしまいます。

まわりに落ちている雑誌を燃やすと結構暖かくなりました。

暖をとったらお腹が空いてきました。

私はまた残りのマッチを擦って、近くに固まって落ちているゴミちゃんという変なマーク入りの段ボールと新聞紙を燃やしました。

すると、中から肉の焼けるいい臭いがしてきました。

きっと新聞紙に大きい肉かなにかがくるんであったのでしょう。

お腹も満ち足り、退屈しのぎにあらゆる物に火をつけ、気がつくとライター売りの青年も火打ち石売りの中年の姿もなく、
街全体が夜にもかかわらず明るく華やいでいました。

マッチって素晴らしい。

マッチの魅力がようやくわかりました。

とそこへ、紺の背広を着た大人たちが走って私に近づいてきました。

きっと私に同情してマッチを全て買ってくれるのです。

これで金が手に入る。

私は喜びました。

そうしたらそのお金でまた、マッチが買えるのですから。

過食症

その子は過食症で
パンケーキ カニグラタン
あらゆる食べ物を口にした
花 小石 綺麗な瓶

眼にうつるすべてを口にした
けれどその子はいつまでたっても満たされなかった
灰皿 ラジカセ 洗濯機
線路 車 ビルディング
なんでもかんでもおなかにつめた
そして最後にとっといた
好きな野球部の先輩を食べた

最後の一口をゴクンと飲み込んだ瞬間
おなかは破裂した

こなごなになって
ふいてきた風に飛ばされた

からだは地球の一部となった

その子は
はじめて満たされた

地球を食えたよろこびで

いちゃつき心中

お父さん、お母さん、今までお世話になりました。これからはまさしさんと二人で幸せになります。
先立つ不孝をお許し……ちょっと、なぁに？　ちょ、アハハやめてよくすぐったい！
今ちょっと大事な、え？　そんな事ないよう、そんな事ありません。
怒るよ？　だから嫌いになったとかそういう事じゃないんだってば、もう。
お父さん、お母さん、先立つ不孝をお許し……ちょっと！　え、わかったわよ……愛してる
お父さんお母さん、
もう、ちょっとやめてよ、なにするのよいやらしい、ブラ外さないでよ。
なによそれ。
愛してるならいいだろうじゃないわよ。
先立つ不孝をお許し
ちょっ、もーう、
お許し

ちょっと、
お許し
もう！
さっきからお許しお許しってあたしどんだけ詫びてんのよ。
こんだけ許しを乞うなんて相手も頑な人なんだねー。
なによそれ。
俺かたくなってきたじゃないわよ。
先立つ不孝を
ちょっとあ、ほら、変な事するから先立つの立つが勃起の勃になっ
ちゃったじゃない。
じゃあ先っぽだけでいいからじゃないわよ。
いい加減にしてよね。
ちがうよ、ちがうってば。
怒ったんじゃないよ。
笑ってるよ。
みてみて、
バア〜

あ、みてないんだ。

それよりマーくん。

ちゃんと自分のは書いたの？

大体心中しようって言い出したのはマーくんなんだからね。

誰にも結婚を反対されてない、借金もこさえてない、あたしのパートの時給もあがった。

何不自由ない幸せな生活。

心中する必要なんてないのになんでなのよ。

え、死ぬほど愛してるから？

ふんっバカじゃないの。

でもそんなバカなマーくん大好き。

あたしも死ぬほど愛してる！

あ、聞いてない。

マーくん！

さっきからあたしとの会話も上の空でなにカチャカチャやってんのよ。

ふーん、ゲーム？

どれどれ、へー面白い、結構若いのねぇ脳年齢……って。

これから死ぬのよ!?
せめて老けてよ。
え、三歳?
それはそれで問題よ。
ちょっとちょっと泣かないでよ。
わかった、わかったわよ。
やるわよ。
リンゴ
ちょっとマーくんいつもリンゴっていうとゴリラって言うよね?
いつもそうなんだから。
ゴなんていくらでもあるでしょう?
ゴリラ以外にも、ほら、ゴなんてゴマンとあるんだから。
例えば?　そうねぇ……ゴリラ顔とかゴリラのようなゴリラとかゴリラ
とか……悪かったわよゴリラしかないわよ。
うーん、じゃあラッパ
違うわよ、ラッパーじゃなくて。
え?　チェケラッチョとかのじゃなくて。

ううん、ボンバヘッドのほうでもないわよ。
え？　誰よポン助って
じゃあ次はイ？
あ、そうかmc. ATのイね。
うーん、
イケメン。
あー、ンがついちゃった。
あたしの負けー
って違くない？
ラッパだからマーくんがパだってば。
パがないからラでもいいかって？　ラのがないわよ
まあいいけど。
パンツ？
結局ラじゃないじゃない。
パンツのツね。
え、パンツ？　パンツとパンツどっち？　パンティとズボンどっちのパンツ？

発音上がるか下がるかそれによって大分違ってくるわよ。
成る程、穿くほうのパンツね。
どっちもよ。
もうシリトリなんてやめよやめ。
はいはい。
リカちゃんと勉強してるし姉ちゃんと風呂入ってます。
ふんっ、子供みたいな遊びばっかりして。
今日あたしたち死ぬんでしょ？
本当に死ぬ気あるの？
だったらどうやって死ぬって言うの。
あ、睡眠薬。
そっかこれを大量に飲むのね。
そしてそのヘルシア緑茶で一気に流し込む。
バカ！
なに死ぬ間際に健康に気をつかってるのよ。
死んだら一緒じゃない。
でも、そんなバカなマーくんが、大好き！

あ、やっぱり聞いてない

マーくん！

……なんてことを言い合う恋人も私にはいません。
長い間、私の頭の中の恋人だったマーくん。
ひとりは寂しいです。
私は死にます。
それではさようなら。

仕事と私と

え？　仕事と私どっちが大事なの？　って？
ワハ～言われたー言ってーもっかい言ってー！
仕事と私と？
うひゃ～たまらん。
言って言ってもっかい言って！
聞かせて聞かせて問い詰めて問い詰めて！
あ、ちょっと待ってて
トゥルルルル
おい、ちょっとポン助か？　え？　ポン助だろ？
違う？　あれ、間違えたのかな
えっと、鈴木さんのお宅ですか？
よしひろくんいますか？
え？　だろ、よしひろだろ？
俺だよ俺、まさしだよ
なんだい脅かすなよポン助。
なにポン助ってあだ名じゃない？　そりゃそうだよ今考えたんだから。
お前今日は、ライター売りのアルバイトはないのか？

あ、そう。

聞いてくれよ、俺さ、とうとう言われちゃったよ。

違うよ血糖値は前から高いよ。

違うんだよ。

彼女に言われちゃったんだよ。

「私と仕事とどっちが大事なの」

ってさ。

ひゃあ〜。

あ、じゃなかった、仕事と私と、かな？

あれ、私と仕事と？

私事？

なんだっけ？

おう、そうそう、それだよ。

え？　お前彼女いるの知らなかったっけ？　うん、半年ぐらいかなえ？　あいつじゃねえよ、明日香じゃねえってば、バカ、今隣に彼女いるんだからよう、いや別に聞かれて困る事なんかねえけどさ、あいつ突然、いなくなったんだよ。そこんとこちゃんとしてる女だからよ、変に

誤解されても困るだろ?
合コン?　違うよ
それがさあ、歩いてて見つけたって言うか。
赤坂でさ見つけて。
赤坂見附じゃねえよ。
だからそんな事よりさあ。
仕事と私とどっちが大事なのって言われちゃってさぁ、参っちゃうよ
なー
え?　うん、そうだよ、俺?　無職だよ……うん。

カバのお医者さん

とある森の奥深く
動物達の住む村がありました
みんな仲良く平和に楽しく暮らしていました
ところがある日
カバのお医者さんが病気になりました
動物達は急いで集まり話し合いをしました
誰かが言いました
「どうしよう、誰か病気になったら大変だ」
鳥が言いました

「羽が傷ついたら飛べやしない、こまったわ」
ウサギが言いました
「耳が痛くなったらどうしよう」
シカが言いました
「ツノが欠けたらどうしよう」
犬が言いました
「ワンワン」
カニが泡をふいて倒れました
ヤギが言いました
「むし歯になって紙が食べられなくなったらどうしよう」
カエルが言いました
「サイの歯医者に行けば」
ヒラメが言いました

「今まで騙してたけど僕はカレイです」
カレイが言いました
「僕はシャークです」
ハゼ
「……」
そんな自分の事ばかり心配している動物達を見ながら
いつも仲間外れにされている動物達が話し合いました
カバのお医者さんは
嫌われ者の動物達にも分け隔てなく接してくれます
ハイエナが言いました
「カバのお医者さんをとなりの森のクマのお医

者さんのところに運ぼう」
オオカミが言いました
「カバのお医者さんはからだが大きいからたくさんで運ぼう」
ハゲタカが言いました
「俺も手伝う」

カバのお医者さんが倒れてからもう大分時間はたっていましたが
やっとクマのお医者さんのいる森にたどり着きました
しかしクマのお医者さんはいません
なんとちょうどその頃クマのお医者さんも病気で倒れて

ました。

私ったら、重いのかしら（その身長でこの体重は普通なのに）。

私の体はじわじわと地球に埋まってゆきました。

三日目で下半身がおおよそ隠れ、一週間経った頃にはもはや指まで隠れていました。

爪だけ地上に残った状態でようやく動きが収まりました。

地中はというと体がとてつもなく痛くて苦しいのですが、持ち前の努力と根性で命尽きるまで耐えていました。

あれから数年後、私の赤と白の派手な爪は「東京タワー」と名付けられ、新しい東京のシンボルとなりました。

ようやくその指に人が集まるようになりました。

カバのお医者さんを頼ってきていたところだったのです
カバのお医者さんも
クマのお医者さんも
動物達のエゴのせいで
死んでしまいました
そして暫くして
森の動物達は
病気になり
皆死んでしまいました
森は静かになりました
もう
お医者さんの心配をすることもなくなりました

明日香

「……また今日も今日なのね」

明日香はベッドに横たわったまま、ラジオから流れる音に耳を傾けた。

ＤＪの軽快なトークは今日もクリスマスの話題で一層軽く弾んでいた。

いつもと変わらない一人暮らしには少し広すぎる２ＬＤＫのこざっぱりした部屋、いつもと変わらない薄ピンクのカーテン、いつもと変わらない写真立ての位置。

ただいつもと変わらないいつもは変わらず今日も訪れた。

「やっぱり今日も今日なのね」

テーブルの上には三分の一残った炭酸の抜けたメロンソーダ。

破り捨てたはずの日めくりカレンダーの24の青い数字がメロンソーダの青に重なり微かに揺れていた。

それは今日の再びの訪れを示していた。

デスクの上の原稿用紙には書きかけの物語が雑に散らばっている。

「後半書き直して仕上げたはずなのに……」

明日、つまり本当なら今日、この絵本「カバのお医者さん」の原稿を提出して一息つける予定だった。

「また書かないと」

ペンをとるがあらすじが出て来ない。

今日がリセットされた今日は記憶もリセットされるのかもしれない。

テレビの電源を入れる。

今、私はテレビのドラマを見ている。

多分昨日の今日の私も見ていて一昨日の今日の私も見ている。

「再再再再放送」でも足りないくらい見てるはずなのに初めてのように見られる。

だから記憶は毎回消されるのだ。

ただ、今日が何回も来ているという感覚はある。

最初からあったのかはわからない。

気付いた時にはもう何十年分もの時が過ぎていたのかもしれない。

けれどもしあれが最初ならかれこれ半年は今日を過ごしているだろう。

また、かすかにわかる事がある。

記憶があるというよりも、デジャビュのようなかんじで、転んだあとに転ぶのがわかっていた感覚が起こるようなものだ。

なんでこうなってしまったのか、なんで今日が繰り返されるのか、なんでよりによって今日がクリスマスイブなのか、それはわからなかった。

明日になれば彼氏のまさしと初めてのクリスマスを過ごせていた。ちょうど二年前の今日、一人の青年からライターを買った。それがまさしだった。

ずっと好きで、やっと振り向いてくれたのだ。

二十八年間生きていて初めて出来た彼氏と初めてのクリスマス。

プレゼントは明日銀行で原稿料をおろしたあとに買いに行くとして、七面鳥なんて手の込んだ物は無理だから煮物になっちゃうけど手料理でお祝いして、そうそう、予約したケーキをとりにいかないと。

明日が来るかわからないのにこの事になるとウキウキしてしまう。

「あら」

ふと天井を見ると小さなシミがあった。

この部屋に来てもう二年たつというのに今まで全く気が付かなかった。

そういえば子どもの頃、天井をずっと見ていると、体が逆になって天井を床のようにして歩いて電気をぴょんとまたいでちょっと高い位置にあるドアを開けて外に出たら空に足はつくのかしら、なんて想像して過ごしてたっけ。

今はもう大人で天井は天井でしかなくて、シミもシミでしかない。

このシミも小さい頃なら怖いお化けの顔だった。
大人になった私が絵本作家なんて、無理があるのかもしれない。
見上げるとシミは少し大きくなっていた。
どうせ時間が繰り返されるなら小さい頃のままがよかったわ。
シミはどんどん大きくなる。
大人になんかなりたくなかった。
やがてシミは部屋いっぱいに広がった。
（ああ、今の状態ではシミに対して私の方がシミなんだわ）
シミはシミである私を飲み込んだ。

こうして長い今日は終わった。

永遠の誓い

お母さん、今まで三十二年間育ててくれてありがとうございました。無事にこの日を迎える事ができ、心から感謝しています。

お母さん、女手ひとつで育ててくれて本当に大変だった事でしょう。お父さんは私が小さい時に突然いなくなったきりで、顔もよく思い出せないくらいだけど、きっとどこかで祝ってくれていると思います。

しっかり者で優しくて綺麗で自慢のお母さん。お母さんの作る甘い卵焼きは、私の大好きな想い出の味です。小さい頃、私が夕飯に甘い卵焼きを食べているとお父さんが帰ってきて、満員電車でついたという赤く汚れたシャツをお母さんはお風呂場で丁寧に洗ってあげていましたね。次の日くらいからお父さんの姿を見なくなってしまったけど、あの時のお母さんの笑顔はとても綺麗でした。私も子供が生まれたらこの甘い卵焼き、作ってあげようと思います。

この度は永遠の愛を誓ってくれた彼とめでたく結ばれる事になりましたけど、ここに辿り着くまでに色々ありました。

あれはもう二年も前になるでしょうか。一度、彼との愛情表現の擦れ違いで誤解が生まれ、死の淵をさまよう出来事がありました。

あの時は警察が来て大変でしたね。でもこうした障害を乗り越えたからこそ私達の愛は深まっていったのでしょう。その彼と晴れの舞台に立つことが出来たのだから、嬉しく思っています。

実はいま私のお腹の中には赤ちゃんがいます。

彼が結婚に踏み切る事が出来たのもこの子のお陰です。

この子は私達にとって愛のキューピッドです。

私達の純愛の末、授かった貴重な存在です。

「純愛」と「貴重」で、名前は「ゆり」にしようと思っています。

そうです、私の大好きな百合の花言葉です。

お母さん、最後になりましたが、生んでくれてありがとう。

生かしておいてくれて、ありがとう。

華子より

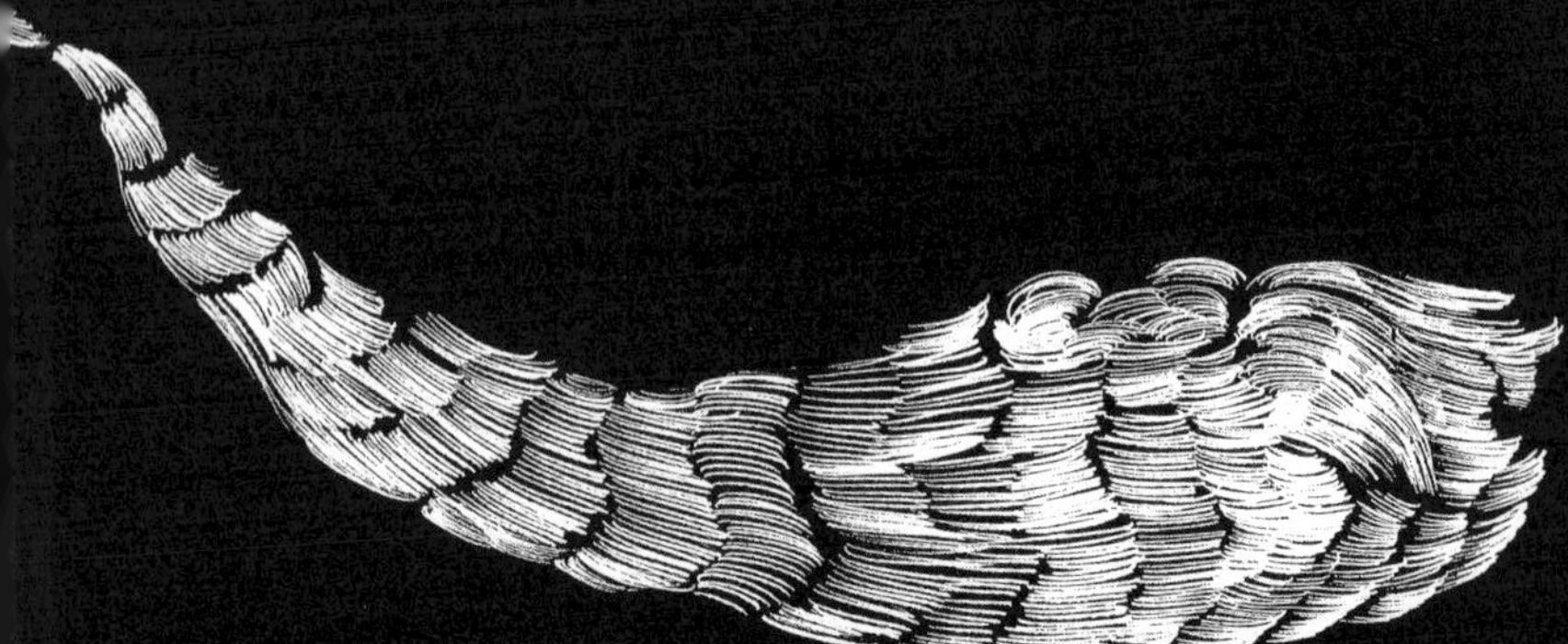

最近よく、子どものときのことを考えるんです。
置き石のことや、
きっと二度と会わない同級生や郷里の人たちのこと。
彼らは私のこと憶えているでしょうか。
かすかにでも憶えていてくれたら、
そしたら、私はグミのように
いつ消えてもいいと思えるのです。

夜にはずっと深い夜を

鳥居みゆき

秋田県出身。一九八一年生まれ。

独特な不条理世界を演じるコントで異彩を放つお笑い芸人。

バラエティ番組、ライブ等で活躍するだけでなく、『全然大丈夫』『やさしい旋律』『非女子図鑑』など映画にも多数出演。

稀有な才能で圧倒的な存在感を見せる。

趣味は、般若心経・瞑想・被害妄想。

特技は、暗算。

工業簿記1級・珠算2級・情報処理1級・ワープロ2級の資格を持つ。

本書がはじめての著書となる。


*「妄想日記1」「妄想日記2」「妄想日記3」「妄想日記4」は読売新聞夕刊(2008年4月23日)に掲載されたものに加筆修正をいたしました。

その他はすべて書き下ろしです。

夜にはずっと深い夜を

二〇〇九年八月五日　第一刷発行
二〇〇九年九月五日　第三刷発行

著者　鳥居みゆき
発行者　見城　徹
発行所　株式会社　幻冬舎
〒一五一-〇〇五一　東京都渋谷区千駄ヶ谷四-九-七
電話　編集〇三-五四一一-六二一一
　　　営業〇三-五四一一-六二二二
振替　〇〇一二〇-八-七六七六四三

印刷・製本所　中央精版印刷株式会社

©MIYUKI TORII, GENTOSHA 2009　ISBN978-4-344-01716-0 C0093
Printed in Japan　幻冬舎ホームページアドレス http://www.gentosha.co.jp/
この本に関するご意見・ご感想をメールでお寄せいただく場合は、comment@gentosha.co.jpまで。